문학과지성 시인선 310

토종닭 연구소

장경린 시집

문학과지성사

문학과지성사에서 펴낸 장경린의 시집

사자 도망간다 사자 잡아라(1993)

문학과지성 시인선 310

토종닭 연구소

_____

펴낸날 / 2005년 11월 25일

지은이 / 장경린
펴낸이 / 채호기
펴낸곳 / (주)**문학과지성사**
등록번호 / 제10-918호(1993. 12. 16)

서울 마포구 서교동 395-2(121-840)
편집 / 338)7224~5 FAX 323)4180
영업 / 338)7222~3 FAX 338)7221
홈페이지 / www.moonji.com

ⓒ (주)문학과지성사, 2005. Printed in Seoul, Korea

ISBN 89-320-1652-6
_____

문학과지성 시인선 310

토종닭 연구소

장경린

2005

시인의 말

지느러미가 잘 펴지지 않았다.
표류하고 있었다.
눈부신 햇살을 날개로 가리고 길가에 서 있는 동안
사람들이 지나갔다.
나도 나를 지나치는 날이 많았다.
어디쯤 왔을까.
휴대폰으로 문자 메시지를 날리며 걸어가는 소녀의 입가에
배꽃 같은 게 피어 있었다.

2005년 가을
장경린

토종닭 연구소

차례

제1부

로그인

내 속에는

누군가
나보다 먼저 다녀간
흔적이 있다

퀵 서비스

봄이 오면 제비들을 보내드리겠습니다
씀바귀가 자라면 입맛을 돌려드리겠습니다
비 내리는 밤이면
발정 난 고양이를 담장 위에
덤으로 얹어드리겠습니다 아기들은
산모 자궁까지 직접 배달해드리겠습니다
자신이 타인처럼 느껴진다면
언제든지 상품권으로 교환해드리겠습니다
꽁치를 구우면 꽁치 타는 냄새를
노을이 물들면 망둥이가 뛰노는 안면도를
보내드리겠습니다 돌아가신 이들의 혼백은
가나다순으로 잘 정돈해두겠습니다
가을이 오면
제비들을 데리러 오겠습니다
쌀쌀해지면 코감기를 빌려드리겠습니다

넋이야 있고 없고

사발시계 태엽 풀어
깨끗이 시간을 설거지하고
책상다리로 앉아 있던 오른발
왼발 아래로 보내고
목포의 눈물 흥얼흥얼 식어버린 아버지
정종으로 따끈하게 덥혀드리고
꽃순이는
개밥 그릇 앞으로 보내고
넋 놓고
흐르는 세월 꺾어진 구두 뒤축에게 보내고
피 묻은 달걀 한 판 사서
냉장고를 채우고
막막한 사랑
무식하게 털어놓고

토종닭 연구소

임시로 설치해놓았던 가을이
철거되고 있었다 부도 맞고 쓰러진
토종닭 연구소 입구
널브러져 버려진 닭 한 마리
나사처럼 꽉 조여 있던 검은 눈빛은
벌써 풀려
땅으로 스며들고 있었다

잡풀에 발목 잡혀 낡은 정보를 흘리는
빛바랜 신문지들
복제된 소가 전생을 기억한다고?
쌀 한 톨에
도서관이 들어간다고?
그럼, 내 속엔?

인기척에 놀라 튀어나온 무당개구리가
어디로 튈지 알 수 없는
길흉을 등에 지고

혼 마중 거리굿을 벌이고 있었다
자욱이 피어오른 하루살이들
점점이
지는 해를 끌어안고
허둥대고 있었다

가족

물고기들이 돌 속에 박혀 놀고 있다
물처럼 부드러워지는 돌

나는 그곳에서 추방되었다
내가 그곳에서 추방되었기 때문에
그곳은 파괴되지 않고
원만하게 잘 돌아갈 것이다
내가 그곳에서 추방된 것은
오히려 잘된 일이다
내가 돌아가야 할 곳이 있다는 사실이
잘된 일이다

끝없이 펼쳐진 광야를 지나
비바람에 씻겨
뒹구는 돌

거기가 어디였더라

눈부시도록 탁 트인 장지였다

부슬부슬 떨어져 나가는 바위 틈에서
조개껍질들이 나왔다
바다 속처럼 고요한 산
삽날이 잘 먹지 않았다
온 세상이 물에 잠긴 적이 있다고
산모의 양수와
바닷물 성분이 그래서 같은 거라고
누군가 구덩이 속에서 아는 체를 했다
언젠가 불의 심판이 내리면 예외가 없을 거라고
숲을 헤치고 날아오른 새들이
푸른 허공을
깊이 파 들어가고 있었다
점점 깊어지는 구덩이를 보며

일회용 커피로
일회용 몸뚱어리 녹여가며

버섯찌개

야근과 몸살 덕분에
55킬로그램에서 52킬로그램으로
가볍게 몸을 구조조정시키고
몸 밖으로 퇴출시킨 물질만큼 탈속해진
반물질이 되어
모처럼 만난 구름머리
주문한 버섯찌개가 나오는 동안
메추리알만한 침묵 소금에 찍어 먹으며

소리 한 점 없는 침묵도
잡다한 소음도
훌륭한 음악이라고 사기 쳤던 존 케이지(～1992)
버섯을 연구했던 음악의 대가
누군가 물었다 하필이면 왜 버섯이냐고
아무도 눈여겨보지 않는   ,
무명한 것이기에,
음악 한답시고 골을 비워놓으면 습기가 차니까……

국물 속에서 건진

내 거시기처럼 생긴 송이버섯

얼른 입으로 가져가 뜨겁게 감추며

존 케이지를 아느냐고

춤추는 남자를 사랑했던 존 케이지를 아느냐고

애꿎은 고인 들먹여

눈길을 돌려가며

재개발지역 3

1

를 지나 주차 위반 딱지가 붙은
자동차들 가로수들 사열하듯 늘어선 거리
좌판에서 철 지난 옷을 뒤적이고 있는 사람들
마치 9 같다 속이 너무 꽉 차서
텅 비어 보이는 9
나뭇가지에서 마른 잎들 떨어져
부랑아처럼 뒹굴고 쓰레기통 걷어차며 분통 터뜨리는
어둠 속 악다구니에서
오래된 종자의 힘이 느껴진다
극장 입구 무리지어 걸어 나오는 이들
소실점처럼 아득히 꺼진 눈빛으로 담배를 피우며
이미지에 취해
맥 빠진 몸을 흐느적흐느적 저으며
3을 향해 가고 있다 아직은 젊어 보이지만
서둘러서 7을 준비하지 않는다면
다가오는 날들이

2

누군가 문을 닫고 있다
담장 위에 있던 작은 새들이
하나 둘 마당으로 뛰어내린다
이제 그쪽은
사용할 수 없게 됐다

사용 중인 공간 : 119,685,120바이트
사용 가능한 공간 : 13,238,272바이트

재개발지역 4

1

에 떠밀려 주민들이 떠난 음산한 폐가
지난 여름 달력이
빨간 색연필로 적어놓은 '母제사'를
비키니 차림으로 모시고 있었다 집 안 여기저기
체납되어 버려져 뒹구는
납세고지서만한 일가족의 꿈들
기가 죽어 축 처진 전깃줄들
깨진 유리창을 기웃거리던 햇빛은
생채기를 입고 뉘엿뉘엿 쓰러지고 있었다
이 언덕배기를 오르며
얼마나 무거운 한숨을 토해댔을까 쩍쩍 갈라진
시멘트 바닥 틈 사이
검푸른 이끼들 통통하게 물이 올라 있었다
주둥이가 깨진 빈 병들 계단에 누워
기어 돌아오는 그늘을

2

그것을 순서대로 읽으면

인생이 되고

여기저기 무작위로 읽으면 꿈이 된다

고 말한 사람은 쇼펜하우어

그러나 차근차근 읽어온 내 삶이

이렇게 뒤죽박죽되고 만 것은

꿈인가 생인가? 생이 꿈인가?

포크레인이 툭, 치자

맥없이 쓰러지는

낡은 집

꿈처럼 일어나는 먼지구름

재개발지역 5

햄버거를 먹고 있는 아이의 입가에
21번 염색체 이상으로
다운증후군을 앓고 있는 아이의 입가에
인간의 色이 전혀 물들지 않은
태초의 입가에
너울거리는 봄

아파트 철책 따라 만개한 개나리꽃들
空에서
노란 色으로 빠져나와
배드민턴공처럼 생긴 제 몸에 놀란 듯
팅! 팅!
色을 팅기며
아파트 철책 따라 달리는

햄버거처럼 생긴 도시
염색체 이상으로
높이 솟구치며 골다공증을 앓고 있는 아파트 속에

속눈썹이 자꾸 빠지는

초승달 아래

재개발지역 6

에서 시작되어 끝없이 이어지는

빌딩과 빌딩 사이

어둡고 비좁은 틈새 저 끝

칼로 도려낸 비닐 천막 같은 하늘 펄럭이고

벽면 가득 검게 얼룩진 곰팡이들

바닥을 기던 오줌 냄새

살 부러진 우산 품속을 파고든다

소나기가 거리를 난타하고 지나가자

벽을 타고 내려와

카페 아마존 종업원 모집 벽보 적시며

서서히 광고 속으로 스며드는 빗물

벽에 기대 있는 나무 사다리 밑동에서

썩어들어가던 검은 시간이

빗물 따라 맨홀로 빠져나간 거리

무표정하게 담배를 피우는 중년 남자를 핥으며

고깃집에서 흘러나온 붉은 빛

번들거리고

재개발지역 7

아이 업은 아낙이 재래시장 뒤 언덕길을 오르고 있
다. 흰 상복이 눈부시다. 양손에 들고 있는 검은 비닐
봉지 터질 듯하다. 삐쩍 마른 명태 서넛이 봉지 밖으
로 머리를 내밀고 있다. 눈알이 빠져나가 푹 꺼진 눈
구멍들 불현듯 크게 벌어진다. 저게 뭐지? 포대기 밖
으로 말미잘처럼 팔다리를 휘저으며 아이가 떼를 쓰고
있다. '하나뿐인 지구' 행사 현수막이 찢어져 펄럭이
며 허공에서 아이처럼 떼를 쓰고 있다. 어미가 팔꿈치
로 쥐어박자 끝내 울음보를 터뜨리는 아이. 순간 툭
터지는 검은 봉지. 빙판 길에 쏟아져 입을 쩍 쩍 벌리
며 나뒹구는 명태들.

재개발지역 10

나는 내가
나를

쓰고 내다 버리는
쓰레기통
이다 잠든 내 얼굴
퀴퀴한
그 재활용 쓰레기봉투 귀퉁이를
뜯어보는
당신의 허기

굶주린 고양이의 비린 발톱

오토리버스

방사선 끊고
항암제마저 끊고 난 뒤
가족도 끊어진 밤 홀로 있다 보면
냉동배아 은행실의 배아가 된 듯하다고
너는 한숨지었다
이런 몸에서도 손톱이 자라다니

그건 물을 마셔도 올라오고
몸을 가누지도 못하는 너를 위해
자연이
자연을 다듬어 만들어준
작은 정원이었다

의약분쟁으로 의사들이 파업한 썰렁한 병원
북적이는 영안실에서
오토리버스되어 흘러나오던 독경 소리
오토리버스되어 풀리던
저녁노을

온라인 오프라인

프로그램 지시 따라
좌우로 정렬하여
카드섹션하듯 삼라만상을 그려내던
전자들이
플랑크톤처럼 제멋대로 뛰놀며
자글자글 끓고 있는
전자의 바다

정규방송 끝나고 애국가가 끝난 뒤에도
전원을 끄지 못한 채
온라인 자살 사이트에서 만나
오프라인 후미진 여관에서 동반자살한
십대 소녀들을 끌어안고 있었다

플랑크톤처럼 반짝이며
내 몸의 전자들이 나를 이끌고 간
오프라인
동네 어귀 포장마차

편편한 기름접시에 갇혀 몸부림치고 있는
세발낙지들
토막 난 전자들
사방으로 튀는 참기름

어디로 가는 중일까

어항 속
인공 수초 사이에 처박혀 죽은
동족에게 달려들어
사정없이 쪼아대는 물고기들처럼

산소 공급기에 떠밀려 부글부글 올라왔지만
수면에 닿자마자
이내 터져버리는 공기 방울처럼
그 공기 방울의 힘으로 돌아가는
작은 플라스틱 물레방아처럼

어디로 가는 중일까
어항에 낀 이끼나 핥아먹으며
어디로 가야 하나
한짐 지고 가는
의문의 다슬기들처럼

와장창, 어항을 깨고 뛰쳐나가고 싶은 것일까

그러나 왜 어항 속처럼

또다시 조용해지는 것일까

文章

경사진 언덕 따라
흥부 매품 팔듯 세월에 두들겨 맞은 집들
거친 바람도 이 길에 들어서면
소심해지지 전자 대리점 앞에 쭈그리고 앉아
프로야구 구경하던 행인들 떠나고
돼지갈비집 고기 굽는 연기
허공에서 길을 잃고 흩어진다
길가에 사냥개를 매어 둔 총포사는
이미 폐업 상태

어수룩한 이들에게 자꾸 눈길이 간다
한 번 가면
아예 돌아오지 않는 놈들도 있다
읽어주는 이 없는
文章을 살아온 탓일까

초저녁 가로등처럼
가물가물 일어난 사냥개가

시멘트 바닥을 앞발로 마구 긁어대고 있다

文章이 마모될 지경이다

갈릴리 김밥

어렵게 쓴 사직서 끝내 구겨 버리고
갈릴리 김밥집에서 꾸역꾸역
검은 김밥을 쑤셔 넣는다
특별 보너스 주겠다는 유혹을 마다하고
자유도 마다한 이유 찾지 못해
머리를 쥐어뜯는 갈릴리
자신을 세상에 내다 판 죄
종신형 받는 게 아닐까
노동형 인간으로 거듭나라는 뜻일까
갈릴리 대형 거울에 갇힌 내 허상이
나를 향해
저 등신 하며 눈 흘기는 이 業을
씹으며

식탁에 말라붙은 고춧가루 갈릴리

해미에서

서산군 해미면 휴암리
노인정 입구 가지런한 신발들
겨울 새 같다 날갯죽지에 머리 박고 떨고 있다
느티나무 가지 끝
철없이 건들거리는 나뭇잎 몇 장
졸음에 겨운 국밥집 백구 부스스 일어나
허공 향해 설레설레 꼬리를 흔들고
큰 눈 덮인 납작 집
눈 녹아 김이 모락모락 이는 지붕 한쪽
그 아래 모두들 모여 사나 보다
바람에 쫓겨
길 밖으로 내몰리는 구겨진 종이컵

그러나 해미면에는 휴암리가 없다 한다
마을 어귀 토박이 돌들
그곳에는 아무것도 없다 한다
이름 붙은 것들 모두 떠나
이제 그곳에는 아무것도 없다 한다

손에 강 같은 평화 1

사람 손가락이 열 개인 까닭에
십진법이 생겼다고 한다
이 손이 소처럼 뭉툭했다면
번잡한 이 삶 얼마나 단순하고 평화로웠겠는가
새의 날개 같았다면
가볍게 떨리는 마음으로도
얼마나 멀리 날아갈 수 있었을까

내 손도 그 새 세상을 품었구나
낡은 도자기처럼 은은하게 잔금이 가고
푸르렀던 힘줄도
스웨터에서 풀려 나온 실처럼 느슨해진 내 손은
세상을 움켜쥐기보다
누구나 손잡기 쉽게 되었다

이 손 강 같았으면
남원 어느 샛강처럼
둔치를 끼고 느리게 돌아가는 강 같았으면

신발 벗어 들고 생을 건너다
흰 발등 내려다보며 아득해진 마음이여
그 마음 쓰다듬는 얕은 강이여
내 손 그런 강 같았으면

손에 강 같은 평화 2

어머니 유품을 정리하다가
안경알을 깼다 항암제를 투약하면서도
도수를 높여가며 집착하던 안경이었다
점점 흐려지는 세상을
그저 그러려니 밀쳐두고 살았다면
암에 걸리지도 않았을 텐데 아쉬워하면서
깨진 안경알을 치우다가 손을 베었다

스스로 불러들인 암과 타협해서
마음의 초점이나 잘 맞추고 지냈다면 편했을 텐데
한 치라도 자식들을
가까이 끌어당겨 보고 싶었던 것일까
도수를 높여가며
점점 멀어져가는 生과의 거리를
좁히고 싶었던 것일까

어머니를 한동안 따뜻하게 왜곡시켜주었을
깨진 안경알을 보며

마음의 초점이 흐려져 상이 잘 잡히지 않는
눈 대신에
베인 손가락에 침을 묻혀
깨진 안경알 조각들을 더듬더듬

사랑한 후에

흐르던 손

그리운 뼈

흐느끼던 벽

제2부

달래야

매화는 다시 매화가 되려 하고
수련은 다시 수련이 되려 하고
북한산도 다시 북한산이 되려 하는데
걸쭉하게 몸 버린 한강도
다시 한강이 되려 하는데
쓰러진 강아지풀도
강아지풀로 일어나려 하는데

나는 뭐가 돼야 쓰겠소
응?

인기 검색어에서 삭제된 오늘

거짓말처럼 만우절에 투신자살했던
장국영이 다음의 인기 검색어 목록에서
오늘에서야 삭제되었다

여자보다 애잔한 표정의 사진도
남성미 넘치는 근육질 사진도
그 어느 쪽도 동성애자의 속사정을 보여주지 않았
지만
다른 이들을 제치고 그는
인기 검색어 1위에 올라 있었다
생시보다 더 생생한 힘을 발휘하며
삶과 죽음 사이에서
사이버 공간에서 오랫동안 떠돌고 있었다

죽어서도 마음대로 떠나지 못하고
죽어서 더 영화 같은 스캔들을 이어가던 그가
인기 검색어에서 삭제된 오늘
비로소 그는 죽었다

컴퓨터 모니터 전자식 화장터에서

끊임없이 일렁이는

기호의 바다에서

회전문

어느 날 그는 탈주에 성공했다
몸담았던 조직의 육중하고 거대한 회전문을 밀고
드디어 속 시원히 나왔다
고 그는 믿었다 그물 같은 조직의
아래 위를 오가며
사방으로 얽혀 있던 관계의 고리를 끊고
간신히 회전문을 빠져나왔다
고 그는 믿었다 그러나
문을 밀고 나오는 순간 더 빨리 돌아가는
그 문의 회전 속도에 휘말려
다시 안으로 끌려 들어가고
다시 밖으로 나오려고 안간힘을 쓰면 쓸수록
그의 의지보다 더 세고 효율적인
회전문에 오래도록 그는 갇혀 있었다

어느 날 그는 탈주에 성공했다
고 믿었다 아침에 일어나 명상을 하고
남들이 일하는 시간에

박찬호 경기를 라이브로 즐기고 발목이 잘린
비둘기에게 과자를 주면서
시시각각 움직이는 주가를 지켜보다 배팅을 하고
동네 쓰레기 소각장의 연기가
어느 쪽으로 날아가는지 살펴가면서
듣지도 않는 레코드판 먼지를 닦아내면서
그는 탈주에 성공했다
고 믿었다 어제처럼 어제의 어제처럼은 살지 않겠다
고 말하면서 열심히 회전문처럼
돌아가면서

어느 날 그는 탈주에 성공했다
고 믿었다 유로라인을 타고 파리로 떠나면서
먹다 남은 고추장과 라면을
런던 민박집 아주머니에게 다 털어 주면서
파리의 출출한 밤
그 고추장과 라면을 아쉬워하면서

엽서

자객이 숨어들까 봐
나무 한 그루 못 심었다는 황량한 자금성에서
황제가 된들

변두리 중국식 변소는 여전하니
업을 새로 짓는다면
그렇게 하겠어
문도 없고 칸막이도 없이
옆 사람과 나란히 쭈그리고 앉아 큰일 보는
(큰일도 작게 보는)
속이 탁 트인
중국식 변소처럼 짓겠어

〈추신〉
북경대학 네 기숙사에서 음양오행에 대해 떠들던
한의사 기억나?
오만 원이면 뒤집어쓸 한약을
십만 원씩이나 받아먹은 한의사 말이야
난 그자가
약골들 등쳐 먹는 돌팔인 줄 알았어

그런데 약 다려 먹고 나니까 희한하게도
아침마다 그게 서는 거 있지!

幕間

기차표를 끊어 놓고
시간 죽이러 들어간 청량리 뒷골목 극장
기형도 시인이 쓰러졌던
파고다극장보다 작고 음침한 그곳에는
세상과 담을 쌓기 위해 숨어든 백수들과
부랑자들이 굴러들어온 호구를 눈여겨보고 있었다
때 절은 잿빛 스크린 펄럭이며
사람들을 가지고 노는 흉측스런 공룡보다
찢어진 스피커의 소름끼치는 소음이
사람 잡을 때마다
움찔거리며 흘리던 쥬라기의 팝콘들

그때 슬그머니
내 허벅지를 타고 넘어오는
옆자리 중년 남자의
부드러운 손길

시간을 넘나드는 영화도 보았고

가상과 현실을 넘나드는 영화도 보았다
聖이 性을 뛰어넘지 못하는 영화도 보았고
바다가 육지를 덮치는 영화도 보았다
그러나 남자가
남자를 뛰어넘지 못하고 무너지는
그 영화 같은 현실 앞에서
덥석 공룡에게 물린 듯
식은땀을 흘리며

대한 늬우스 1

동도극장 목책 넘어 들어가

가슴 졸이며 보던 대한 늬우스

기도에게 걸려 무릎 꿇고 벌 받으며 훔쳐본 대한 늬

우스

빨간 마후라 태양은 가득히 바람과 함께 사라지다

닥터 지바고 별들의 고향을 보러 가서

눈 감고 끝나기를 기다리던 대한 늬우스

바니걸스가 나오자 환호하는

파월 장병들 방직기 항문에 붙어 서서

거미처럼 실을 뽑고 있는 여공들을 위한 대한 늬우스

세상보다 빠르고 박진감이 넘치던

군가의 뮤직 비디오 대한 늬우스

대한 뉴—스에서

대한 늬우스로 대한 뉴우스를 거쳐 대한 뉴스로

정신없이 돌아가다 막을 내린 대한 늬우스

대한민국 명심보감 대한 늬우스

대한 늬우스보다 더 대한 늬우스다워져

국민교육헌장과

성문종합영어를 달달 외던 대한 늬우스
북괴 남침 땅굴 속에서 안보 교육을 받던 대한 늬우스
주택청약저축에 가입하고
아파트 당첨을 기다리던 대한 늬우스
대한 늬우스에 동원되어 허리 꺾어 논에 박고
흰 구름 속에 묵묵히
검은 모를 심던 대한 늬우스
대한 늬우스 함께 보며
첫사랑에 두근두근 기대 있던
대한 늬우스

대한 늬우스 2

말뚝에 매여 있는 흑염소들
단단하다
가는 울음 끝
떨리는 정적이 더 길다
저 울음이 없었다면
어떻게 그토록
말뚝에 매여 있을 수 있었겠는가

사지를 찢어 널어놓은 듯
속없이 빨래들은
담장 밖 오월을 기웃거리고

검은 피를 흘리며
바리케이드 너머로
하얀 돌(~1987)을 던지는 시민들

흑백으로 보아도
뜨거운 저 돌

대한 늬우스 3

북한 주민 일가족이
목숨 걸고
여러 나라의 국경을 넘고 넘어
꿈에 그리던
利子의 품에 안겼다

자본주의의 플래시가 터질 때마다
찔끔찔끔 눈을 감는
왜소한 아이

저 두 눈에 눈물 맺히는 일 없기를
곰 인형을 안고 있는
저 가슴이
利子의 횡포와 유혹에
놀아나지 않기를

대한 늬우스 5

벽보 위에 덧붙여진 벽보들
가려봤자더못산다 그 위에 또 덧붙이고
뜯겨져 만신창이가 된 벽보들 인천항에 하역된
미국 구호물자 속에는 신미양요가 숨어서
사타구니를 긁고 있었습니다 사시사철
현수막을 들고 서 있어 어깨가 축 쳐진 하늘
기계충을 앓고 있는 아이들이
가슴에 국산품을애용합시다 리본을 달고
정부처럼 코를 훌쩍이며
걸어가는 등굣길 무슨 말을 하려다 말고
맨드라미들이 고개를 푹 떨구고 있었습니다
날치기로 법안을 통과시키려는 순간
사방에서 의자가 날아가듯 뜻도 모르는 채
월남에서 돌아온 새까만 김상사를 부르며
골목을 쏘다니듯

우리는 그때 이미
利子처럼 까져 있었습니다

홈 스위트 홈

생애 처음으로
삼루타성 안타가 터지자
눈을 찔끔 감고
홈까지 전력 질주하고 있는
9번 타자

입가에 들러붙는
젤리 같은 공기들
점점 더 크게 벌어지는
타자의 입

이미 전달된
공(1960~   )을 받아 들고
달려오는 타자를
물끄러미 바라보고 있는 포수

작고
고요한 홈

장어 한 판

끊어진 숨이야 그렇다 치고
지글지글 타들어가면서도
뜨거운 불판 치며 기세를 꺾지 않는 꼬리
나 다 익었다 탄다 타 뒤집어라
연기 자욱한 연옥 지나
끝장을 보자는 듯
뜨거운 불판 위 장어 한 판 타고 있다
(그때 그,
시청 앞 노제 같다)

기세가 한풀 꺾이자
주인장 붓으로 갈색 소스 칠하고 뒤집고
또 칠하며 자개장에 옻칠하듯
정교하게 시신을 화장시켜
맛을 염한다 이게 우리 집 노하우죠
거듭 칠할수록
빛나는 장어 흑갈색의 미라
이 한 판의 죽음을 앞에 두고

술잔을 때리며

아까 꼬리치는 거 봤지, 느껴져?

죽음이 생에 생기를 불어넣는 이 느끼함

이 땅의 요리사

그 뜨거운 불판을 느끼며

그 느끼함 잊기 위해

힘차게 술잔을 때려가며

아스피린

바닥이
빤히 보이는
정기예금 통장에 세 들어
살고 있는

며칠째 물만 마시며
아스피린처럼 웅크리고 있는
속으로 녹고 있는

그가 시를 쓸 때는
몸에서
단백질 타는 냄새가 난다
낙엽 긁어모으는 소리
낮게 깔리기도 한다

1350cc

유인원 뇌 400cc
원인류 뇌 600cc
구인류 뇌 1100cc
신인류 뇌 1350cc
(6000년 이상 신인류 뇌 용량 변화 없었음)

2004년 10월 현재
OB맥주 피처 작아 봐야 2000cc
그림 그리느라 결혼을 포기한 이선생과
둘이서 셋을 마셨으나
끄떡없음
(구인류였다면 어떻게 됐을까)
(그림을 때려치웠다면 뭐가 됐을까)
(나를 때려치우면?)
카운터에 있는 바비 인형이
아까부터 이쪽을 보고 미소 짓고 있음
두 개 더 시켰음
(뇌와 방광이 터질 듯 큰 변화를 겪고 있음)

간이 의자

를 지나 마을 외곽 허름한 병원

방사선과와 소아과 사이

간이 의자에 앉아 과자 봉지를 뒤적이는 아이의 볼에

검버섯이 잔뜩 피어 있다

불안감에 싸여 창문을 기웃거리는 정원수들

들국화 노래가 듣고 싶다

언제 해체되었더라 II집 보다는 I집이 더 좋았지

웅크리고 있는 저 여자는 횃대에 홀로 앉아

하염없이 허공만 바라보고 있는

병든 십자매 같다 청진기를 말아 쥔 의사가 다가가

두런두런 몸짓을 늘어놓자

표정을 퍼덕거리며 맥없이 주저앉는 여자

마음이 마음대로 움직여주지 않고

딴 짓을 하나 보다

어디선가 멀리서 흐느끼며 울부짖는 소리

가지 마요 가지 마

벽시계가 몇 번인가 종을 치다 만다

몇 시나 됐을까

영수증을 끊어주는 경리 직원의 붉은 손톱이
새의 피 묻은 부리처럼
분주히 서류철을 쪼고 있다 병원 밖
큰길로 나서자 끝없이 이어지는

문학은 내 속을 돌아다니는 여행이다

라고 말한 어느 문호의 글 행간에서

비스킷 부스러기와 나를 번갈아 쳐다보며

잔머리를 굴리는 바퀴벌레

같은 여자와 사랑에 빠진 후로

나는 술이 늘었다 다시 말해

술병과 그녀를 번갈아 쳐다보는 우울한 날이

계속되고 있는 것이다

내 시는 늘 크레디트 카드를 지니고 다닌다

잘 빠진 자동차를 보면

성적 충동을 느끼는 내 시는 이따금

대책 없이 옆길로 새서 애를 먹이곤 한다

그러나 아무리 막장 같은 곳이라도

가보면 어디론가 길이 나 있었다

집에 돌아오면 리모컨부터 찾는 내 시는

주말에 북한산 계곡에서

사철탕을 먹기로 했다 문학은

내 속을 돌아다니는 여행이 아니다 업자한테 속아

아파트 물딱지를 산 뒤로 내 시는

매사에 이면을 들춰보는 버릇이 생겼다

중국산이 아니냐고

잘 놀고 있는 광어를 뒤집어보듯이

제 속도 못 믿고

그 속에 또 나도 모르는 뭐가 있지나 않은지

궁금해 뒤적이고 있는 내 시는

된통 감기에 걸려 콩나물국을 끓여 먹고

이제 막 잠든 내 시는

그래야 단풍다운 가을 단풍

중국집에 잡혀 먹은 손목시계처럼
최신판 영한사전처럼
맛이 진한 몽고간장처럼 미군 야전잠바처럼
돼지 껍데기처럼

요즘도 헌책방에서 제법 거래가 되는 『思想界』처럼

조계사 대웅전
문지방 위
꼬리를 떨며 교미 중인 고추잠자리처럼

1리터에 1,450원에서
1,390원으로 다시 1,530원으로
미친 듯이 널뛰는
휘발유처럼

단풍이여
오늘만큼은 잠시 세상 접어두고

분배냐 성장이냐 누가 뭐래도
북핵 위기니 인구 감소니 독도니 뭐니 다 잊고
단풍이여 그냥 좀더 붉게 타야 쓰겠다
가을 단풍이여

아파트 값이 폭등했지만
더 오를지 몰라
이사도 못 가고 있는 나처럼
자식 과외비 마련하러 노래방 도우미로 나갔다가
뽕짝에 푹 빠진 아줌마처럼

뻔질나게 날아오는 스팸 메일처럼

가을 단풍이여
이제는 붉게 타다 가는 수밖에 없는
그거밖에 할 게 없는
그래야 단풍다운 가을 단풍이여

누룽지

청전 이상범의 「귀려」
에 빠져 있다가
고등어조림을 태우고 말았다

손기정 가슴에서 일장기를 지워
옥살이를 했으나 훗날
일장기 아래서 나팔 부는 병사를 그려
부역자로 몰린 청전

학비가 없어
미술 강습소에 들어가 화가가 된 그가
말년에 정성을 쏟아 그린 소재는
누룽지였다
가마솥 바닥에서 조심스레 뜯어내
쟁반에 엎어 놓은 듯
입맛이 당겨 자기도 모르게 손이 가는
누룽지 모양의 구릉이었다

평생 짓눌리고 타서 구수해진 탓일까
외진 산골 구릉과
가난에 찌든 오두막을 그리며
그 속을 드나들며

1960년대
수묵담채
77×196cm

다시 대한 늬우스

진관내동 해장국집
처마 밑
서울 인근에서 여간해 볼 수 없는
제비 일가족을 보았다

식당에서 쓰고 버린 초록색 이쑤시개들이
비녀처럼 꽂혀 있는 둥지

머리만 내밀고 주위를 둘러보는
제법 의젓한 새끼들
다가가 살펴보니
울음소리가 새 나가지 않도록
노란 고무 패킹으로
주둥이(～2004)가 정성껏 여며져 있었다

제3부

몽유도원도

어젯밤에는
세 편의 詩가 나를 찾아왔다

그중에서,
이 작품이
가장 마음에 든다

당신과 나 사이에 1

당신의 1은 나의 1보다 크다
나무의 1은 바위의 1보다 크다
귀뚜라미의 1은 나무의 2보다 크다
서울의 1은 경상도나 전라도의 2보다 크다
아니 작다

1과 1 사이에
당신과 내가 있고
당신과 나 사이에
0이 있다
우리는 교미 중이다
우리는 출산 중이다
우리는 어둠 속에서 생명을 꺼내
어둠 속으로 돌려보내는 중이다

당신과 나 사이에
달걀이 한 알 있고
달걀 속에는 깨진 토마토가 가득하고

깨진 토마토 속에는 합의서와

1은 1보다 작다는 합의서와 압력밥솥이 있고

당신과 나 사이에

토막 난 시체들이 즐비하고

그 토막 끝에서 새싹이 돋고

사랑을 속삭이고 사랑을 토막 내고

토막을 또 토막 토막 내고

당신과 나 사이에

당신과 나 사이에

0이 있다

는 사실 때문에 나는 1을 사랑하고

당신도 1을 사랑하고

내가 당신 속에서 나를 찾는 동안

당신은 내 속에서 토종닭을 잡아먹고

당신과 나 사이에

또 다른 0이 있다

는 사실 때문에 배추밭으로 나비가 날아오고

가양대교 밑에서

한강이 잠시 멈췄다 흐르고

당신과 나 사이에 2

그것은 나에게 없습니다
당신에게도 없습니다
그것은 그것에도 없습니다
예전에도 없었고 앞으로도 없을
그것은

당신과 나 사이에 있습니다
보시다시피 여기에 늘 이렇게 있습니다
6과 7 사이
6과 6 사이에 있습니다
존재와 언어 사이를 지나

환상과 현실 사이로 가볼까요
팔 하나에 손가락 다섯
하나의 가슴에 젖꼭지 둘
(이 환상적인 진화가 시큰둥하다면)
예쁜 배꼽에
피어싱 셋!

배꼽에 매달려 달랑거리는 고리

고리에 매달려

달랑거리는 허공

이렇게 한없이 꼬리를 물고 이어지는 그것은

아이가 다가가 꼬리를 쓰다듬자

자신이 다람쥐라는 사실을 잊고 있다가

소스라치게 놀라 달아나는

가을처럼

그것은

.

지글지글

구파발에서 좌회전하자마자
버거킹은
속력을 내서 달리기 시작했다
서울을 지나

지하철워털루역. 백인소녀가벽에기대어휴대폰으로
통화를하고있다. 울먹이며벽을향해돌아선다. 이마로마
구벽을찧는소녀. 벽속으로걸어들어가기라도하려는
듯.〈BUY ME/I`LL CHANGE/YOUR LIFE〉라고적힌
붉은광고벽보가곁에서소녀를위로하고있다. 휴대폰을바
닥에내던지는소녀. 달려들어오는전동차. 창밖을물끄러
미내다보고있는인형들. 그파란눈동자들.

지글지글
맛있는 버거킹으로 오세요!
와퍼 세트를 드신 후 쿠폰 3장을 모아 오시면
세트 하나를 그냥 드립니다

행사기간 : 7/32 ~ 7/45

심부름

그의 재즈 악단이 한창 잘나갈 때
(풋내기 루이 암스트롱도 끼어 있었다)
연주자들조차
그가 노인인 줄 알았다
불혹도 못 된 나이에
음악에 빠져
생명을 가불해 쓴 탓이었다

그의 음악에 불기운이 서려 있던 탓일까
링컨 가든 공연은 화재로 취소되고
오랜 방황 끝에 간신히 얻은 일자리도
연주 중 불이 나 잃고 말았다
말년에는 이빨이 흔들려 나서지도 못하고

말년은 계속되었다
사바나 뒷골목
당구장 심부름꾼이 되었다가
빈털터리로 추위에 떨며 죽었다

당년 52세

그후에도
킹 올리버의 말년은 계속되었다
삼청동 카페 재즈 스토리에서
도산서원 가는 길에서
내가 두드리고 있는 컴퓨터 키보드 위에서

동시 상영

폐암으로 투병중인 노모를 간병하던
어느 날이었다 어수선한 복도
한 떼의 환자들이 모여서 너스레를 떨고 있었다
어디가 아픈 것일까
이목구비가 잘 빠지고 화사해서 바람이 든 것일까
갈비탕으로 저녁을 때우고 돌아오는 길에
그들과 또 마주쳤다
감독의 지시가 떨어지자 그들은
환자처럼 표정을 무겁게 가라앉히고
주연의 주위를 오락가락 배회하고 있었다
깊은 우물처럼 노모의 눈은
하루가 다르게 어두워지고 있었다
물이 바싹 말라버린 우물 속 영화관에서는
두 편의 영화가 동시 상영되고 있었다
뭉턱뭉턱 머리칼이 빠져버린 한 편은
살기 위해 안간힘을 쓰지만
며칠째 상영이 중단된 상태
다른 한 편은

간이 침대에 앉아 스포츠서울을 말아 쥐고
감독의 지시만 애타게 기다리고 있었다

開化

1

큰 아들 결혼식에서
성님이 입은 가다마이는
소매가 삶은 호박잎처럼 흐물흐물했지요
삐딱하게 서서,
마땅히 둘 곳 없는 시선
가봉하듯 늘어뜨리고

사람 하나 간신히 비집고 올라갈 수 있는
중국집 開花의 목조 계단은
옛날보다 더 삐걱거려요
자장면 면발은 오히려 가늘어졌죠
불황 탓이거니 하면서
싱싱한 양파나 한 접시 더 시키면
그게 그겁니다

2

이마에 흐르는 육수 닦아가며
한 그릇 때린 고추짬뽕처럼
당신의 어눌한 걸음걸이는
나를 얼큰하게 해
진실할 때 어눌해지는 건 당연지사

환갑 넘어 그걸 어떻게 해보자고
지팡이를 꼬나 든 김에
흑단으로 뽑았겠다 중국식 생과자 고를 때
유난히 반짝이던 성님 눈빛이
거리에서 중심 잃고 풀리는가 싶자
똑똑 똑 맨땅 찍으며
그놈이 한 소식 때립디다
네가 끝없이 홀로 가야 할
빈자리 봐 놨다 오버 똑 똑 똑똑똑

워킹 맨

추적추적 진눈깨비 내리는 밤
불 꺼진 성당 오르막길을
내려가고 있었다
눈에 젖은 마음 한쪽이 기울어지면서
앞이 잘 보이지 않았다
워크맨의 섬세한 음질은 사실적이었다
추억의 메들리 곡과 곡 사이
사연이 깊었다 멀리
날리는 수양버들 사이로 남인수와 아버지가
왜정 때 유행하던 사진 풍으로
나란히 서서 바라보고 있었다 생전보다
안색이 좋아 보였다 어디쯤 왔을까
진창에 넋이 빠진
언 발을
길바닥에 탁 탁 털며

몽유도원도 1

처럼
쓰러질듯
암벽에기대있는운주사돌부처들

처럼엉거주춤툇마루에걸터앉아
봄나물을다듬는
촌로들

아련하게들리는
아랫마을경운기소리

1999.2.29
1999.2.30
1999.2.31
1999.2.32

몽유도원도 2

위 네모 안에
마음속으로 점 하나를 찍으시오
그 점에서 솟구쳐 흘러내리는 샛강을 끼고
차를 몰아 비포장도로를 달리시오
(흙먼지가 일면 창문을 닫아도 좋소)

고구마 밭이 나오면 하차해서
네모 틀 밖으로 나오시오
강이 휘돌아 나가는 여울목을 따라
트렁크에 싣고 온 암벽으로
병풍을 치시오
(여유가 있으면 잘게 갈아
강변에 백사장을 깔아도 좋소)
강물에 발 담그고

왜 사는가 왜 사는가 캔 맥주를 따시오

문득 그곳에 눌러 살고 싶어졌다면
흐르는 강물에
임의의 점 하나를 찍으시오 그 점 주위에
사랑하는 이들을 떠올리며
점을 찍어보시오 그중 하나의 점에게
사랑을 고백해도 좋소
모든 점들을
그저 바라보고만 있어도 좋소

몽유도원도 5

부처님 오신 날과 노동절이 겹친 공휴일
잠옷 입은 채로
온 하루를 自然光 속에서 보냈다
땅거미가 진 뒤에도 불을 켜지 않고
그것을 바라보고 있었다
어둠 속에서 그것은
내가 보고 있는 그것을 통해
나를 바라보고 있었다

위 다섯째 행에 등장하는 '그것'은
선인장에도 있고 약수터에도 있으며
옆집 꼬마가 치는 고장난 피아노 소리에도 있고
속 좁은 내게도 무진장 있다
그러나 여섯째 행의 '그것'과 사랑을 나눌 때
나는 종종 잊어버리곤 한다
내게도 상처가 있다는 사실을

교미가 끝나기가 무섭게

사마귀 암컷이 수컷을 잡아먹듯이
죽은 쥐 뱃가죽을 뚫고 구더기들이 터져 나와
사방으로 퍼져 나가듯 미국이 이라크를 치자
허리케인이 미국을 치듯이
제 맘대로 삼라만상을 드나드는 그것은

이 컵 속의 물이
눈에 보이지 않게 사라지고 있듯이
당신이 나를 떠나듯이
애증이 교차하며
내 속 가득 일렁이고 있는 그것은

몽유도원도 9

파리 외곽 민박집으로 돌아가기 위해
나시옹에서 갈아탄
심야 지하철
막장 같은 차창 밖을 내다보는 유색인들
낡은 나이키 모자를 눌러쓴
이태리 노인의
덩치 큰 털북숭이 누렁이가
비스킷으로 허기를 달래고 있는 내게 다가와
정중히 무릎 꿇고 바라본다
(자화상을 걸어놓고 음미하는
모딜리아니처럼)

비스킷 다 받아먹고
빈 손바닥을 연신 핥아주는
모딜리아니

한 획 한 획 이어지는
따뜻한 붓질

몽유도원도 10

탁자위

수선화한송이꽂혀있는화병처럼

금발로머리를물들인여자가

어디론가통화하는동안

남자는곁에서성냥개비를쌓고있다

나이키셔츠를입은그의팔뚝에

문신 ∞ 와 ≠ 가유독선명하다

무슨뜻일까성냥탑이무너지자

다시 ∞ 하는남자

세상과 ≠ 한사람이라면

그누구와도레고처럼잘맞는

한패라는뜻일까

레고여자의귀에서귀걸이를풀어

자기귀에옮겨달며

레고남자가투명한눈길로그녀를바라보고있다

휴대전화의푸른액정화면처럼

몇초지나면스스로꺼져버리는

절전형액정화면처럼

몽유도원도 11

어느날드디어바겐세일이시작된다

그는백화점으로달려가

몰려든사람들틈에끼어그것을골라든다

아가씨이게40% 할인된가격이오?

아니요거기서40%를깎아드려요

마음이바쁜그의쇼핑백은순식간에가득찬다

불룩한쇼핑백을들고돌아온그는

지친몸과그것을거실에던져놓고성취감에젖어널브러

져있다가

비씨카드만한깨달음하나를얻는다

그렇다원하는것은

그무엇이든40%나할인된가격이었다

그는온라인으로들어가도토리를모두털어주고

50% 할인된칼을산다그는번쩍이는그칼로

더듬이가떨어져나간

구형텔레비전을60% 싸게산다그는그것을팔아

90%나싸게나온돌아가신어머니를사들고온다

밤늦도록회포를풀고난뒤

한결밝아진어머니를새옷사입히고화장해서

내다팔기로한다그러나어머니

아무리싸게판다해도

죽은여자를어느누가사겠어요어머니

어쩔수가없군요어머니그는엄마와자기를세트로묶어

헐값으로시장에내놓는다하루이틀사흘

모자가울고있다다시또

하루이틀사흘

이제그는온라인을빠져나가야겠다고마음먹는다

40% 정도빠졌다면어쨌거나

만족할만한수준인것이다

몽유도원도 17

광합성 작용을 하며 걸었다
식물보다 느리게 걸었다
식물보다 더 멀리 갔다
돌아오는 길 벌써 날은 저물고
낯선 곳에서
책을 읽으며 버텼다
불을 켜자
활자들이 먼저 일어나 걷기 시작했다
뒤따라 걸었다
자꾸만 자빠졌다
점점 뒤쳐지고 있었다

처럼 거나해져 목청들 높아지고 있다
문간에서 구걸하고 있는 목발 짚은 노인 쪽으로
청어 굽는 푸른 연기가 빠져나가고
천장에서 건들건들 내려와
텔레비전에 내려앉는 거미
나잇값을 해 이 양반아 술을 똥구멍으로 마셨어

면박을 주는 주모

허름한 인생들을 받아 낸 그녀의 욕설에는

힘이 있다 야생동물 같은

신문지를 말아 쥐고 주모가 다가가자

부리나케 달아나는 거미의

느닷없이 쏟아지는 우박

느닷없이 쏟아지는 눈동자

몽유도원도 19

무덤가
가을 금잔디
양수리 새털구름 강바람에 흩날리던
눈물 새들
젖을 물고 잠든 아이

장난감 기차처럼
生을 맴돌다 떠나는 물기들
고개를 숙이는 꽃
자신을 꽃이라고 생각하는 순간
시들기 시작하는 꽃들

이제 어디로 가지?
꽃마차 다방 뒤 허름한 욕쟁이 할매 집
막걸리 죽이지
내기 당구로 손 먼저 풉시다
또 소리 없이 튈라고?

몽유도원도 21

먼 산
귀 기울이다
떨어지는
산수유
또 한 해
누군가
누가 오는가

나 자신이 되어 산다는 것

정 효 구

1. 상징계 내부의 반란자

'상징계'의 상징들을 존중하고, 그에 순치되거나 거세된 존재로 적당히 살아갈 수 있다면 얼마나 편리하고 편안할까? 혹은, 상징계를 과감히 이탈하여 출가자의 단독 정부를 수립하고 그 속의 영주가 되어 자율의 삶을 살아갈수 있다면 또한 얼마나 거침없고 황홀할까? 그렇지만 전자처럼 상징계의 모범 시민이 되는 것도, 후자처럼 자율정부의 수반이 되는 것도 쉽지는 않다.

장경린은 그 자신을 상징계 속에서 완전히 이탈시키지도 못하면서 그 상징계를 의심하고 그에 저항하며 기회만있으면 그것의 해체를 꿈꾸는 상징계 '내부의 반란자'이다. 따라서 그와 상징계 사이에는 팽팽한 긴장이 감돌고, 그런 긴장감은 항상 그의 시적 태도가 지적인 것이 되도록 만든다. 그는 지성의 시인인 것이다. 그의 이런 지성은 대상을 리얼하게 조명하는 원동력이지만, 대상과의 따뜻한 동화를 방해하는 감시자이기도 하다.

장경린은 그의 시 쓰기가 '업자한테 속아 아파트 물딱지를 산 뒤로 매사에 이면을 들춰보는 버릇이 생긴 것'과 같이 상징계인 세상을 '의심'하고 들춰보는 데서 출발한다고 고백하고 있다. 그는 의심함으로써 시인인 것이다. 의심하는 한 그는 시인인 것이다. 그리고 그의 시적 동력은 이 의심이 만들고 있는 것이다.

그의 이 싸늘한 의심과 경계의 눈초리 앞에서 상징계는 여지없이 그 속의 추하고 음흉한 이면을 드러낸다. 그는 구성되고, 조작되고, 탄생된 상징계의 거품들과 그 유독성을 흔들어 털어냄으로써 존재의 본질이 어떤 것인지를 밝혀내고자 하는 것이다.

세상을 의심하는 그의 눈은 세상을 지배하는 몇 가지 세속적 문법을 발견해 고발한다.

BUY ME/I'LL CHANGE/YOUR LIFE (「지글지글」)

어느날드디어바겐세일이시작된다 (「몽유도원도 11」)

햄버거처럼 생긴 도시 (「재개발지역 5」)

일회용 커피로/일회용 몸뚱어리 녹여가며 (「거기가 어디
였더라」)

퀵 서비스 (「퀵 서비스」)

무엇보다도 시장의 메커니즘이 지배하는 이 세계에서
우리는 누구나, 비유하자면, '매매춘'과 같은 관계를 찜찜
하게 맺고 살아간다. 그러나 그 매매춘이 활발해질수록
경제는 성장하고, 그 지표로서 GNP는 증가하고, 사람들
의 호주머니는 두툼해지며, 세상도 그 속의 사람들도 아연
활기로 넘치게 된다. 장경린은 그런 매매춘의 이면에서 작
동하는 세속적 상징계의 원리를 위와 같이 표현하고 있다.
그 가운데서도 맨 위에 제시된 "BUY ME / I'LL CHANGE /
YOUR LIFE"라는 말이 인상적이다. 시장 속에서 누군가가
나를 사주지 않는다면 시장의 메커니즘에 나포된 우리들
의 삶은 곧 죽음이 되기 때문이다. 그러므로 사람들은 전
력을 기울여 호소하듯 외친다. 나를 사주기만 한다면 당
신의 인생이 바뀔 것이라고……. 이 말을 달리하면, 당신
의 인생을 바꾸고 싶다면 나를 사라는 것이 될 것이다. 사
실, 이 세상에 존재하는 가장 무서운 제안은 당신의 인생
이 바뀌는 데 내가 적극적으로 '간섭'할 것이라는 말이다.
그 간섭이 기교와 권력 속에 묻혀 올 때, 그것은 상대편에

게 걷잡을 수 없는 공포가 된다.

그럼에도 불구하고 내가 누군가에게 판매되지 않는다면, 드디어 그 판매는 '바겐세일'이라는 기형의 양상을 띠고 이루어진다. 바겐세일은 이 땅의 존재들이 자기를 낮추어 파는 눈물겨운, 아니 세련된 방식이다. 그때 우리는 서로의 삶에 더 깊숙이 '간섭'하며 매매춘을 긴 시간 화간하듯 즐긴다. 이런 우리들의 세상을 장경린은 '햄버거처럼 생긴 도시'라고 표현하였다. 햄버거가 상징하는 수많은 의미들을 한꺼번에 담고 있는 것이 도시이고, 이 속에서 영위되는 우리들의 삶의 꼴은 그 햄버거를 닮았다는 것이다. 그런 햄버거의 한 속성처럼 장경린은 우리 모두가 일회용으로 살아간다는 지적을 이어서 하고 있다. '가벼운 도구'가 되어 서로 살짝살짝 스치기만 하며 쿨하게 만나고 헤어지는 이 시대의 우리들, 소금쟁이처럼 어느 곳에도 뿌리내리지 않고 물 위를 탄력있게 유영하며 수시로 방향을 바꾸는 깍쟁이들의 삶, 그것이 이 땅의 상징계를 지배하는 규범이자 모습이라는 것이다. 그런 세상에선 누구도 누군가를 순정으로 기다리지 않는다. 모든 것은 서로의 마음이 바뀌기 전에 '퀵 서비스'되어야 한다. 클릭 한 번으로 순식간에 죄의식도 없이 마음을 바꿀 수 있는 이 세상에서, 누군가를 기다리게 한다는 것은 남의 시간을 도둑질하는 '나쁜' 일이다. 그리고 기다림을 보수적으로 고수한다는 것은 자신의 권리를 즐기지 못하는 바보스러운 일이다. 장경린의 말처럼 이 세상에선 모든 것이 '퀵 서비스'되어야 하고, 그것이 권리라고 모든 사람이 주장해야 한다. '퀵 서비스' 속에서 세상은 '퀵 퀵' 달려간다. 장경린은 그런 세상의 속도를 위태롭게 바라보며, '퀵 퀵'의 끝이 어디냐고, 그것의 지향점이 무엇이냐고 되풀이하여 묻고 있는 것이다. 그러나 그것을 알 수는 없다.

2. 나를 세상에 내다 판 죄

장경린은 일종의 죄의식에 사로잡혀 있다. 그것은 그가 아직도 순진하여 자신을 내다 판 죄를 의식하고 있기 때문이다. 이전 시집『사자 도망간다 사자 잡아라』(1993)에서 하나의 화두로 삼았던 그 '利子'를 위하여, 그 이자의 세상에, 그 자신을 내다 팔며 살아가고 있다는 자기 진단이 순진한 그를 계속 괴롭히고 있는 것이다. 그래도 그는 행복(?)한 편에 속하는지 모른다. 누군가가 이자를 지불하고 그를 선뜻 사갔으니 말이다. 자신을 내다 팔고자 하여도 팔 수 없는 시장의 패배자에 비한다면, 자신을 팔고자 하는 그의 소망이 시장 속에서 실현되었다는 것은 참으로 다행스러운 일이 아닌가 말이다.

그러나 상징계의 내부 반란자에겐, 자신이 팔려도, 그것은 팔리지 않은 것만큼이나 괴로운 일이다. 그가 상징의

꼭두각시로 살고 있다는 것을 그는 늘 자각하고 있기 때문이다. 그러면서 그 상징의 전복을 꿈꾸고 있기 때문이다. 장경린은 「갈릴리 김밥」에서 다음과 같이 쓰고 있다.

> 자신을 세상에 내다 판 죄
> 종신형 받는 게 아닐까
> 노동형 인간으로 거듭나라는 뜻일까
> 갈릴리 대형 거울에 갇힌 내 허상이
> 나를 향해
> 저 등신 하며 눈 흘기는 이 業을
> 씹으며   ──「갈릴리 김밥」 부분

이런 의식이 있더라도, 그가 사직, 아니 하직하지 않는한, 다시 말하여 상징계의 울타리 안에서 맴도는 한 그는 '종신형'을 받은 것처럼 그 자신을 상징계의 값에 맞추고 순치시켜야 한다. 그래야 그는 '살아남는 것'이다. 그것이 비록 '허상'이자 '환상'이라 할지라도, 그 허상과 환상은 엄청난 현실적 힘을 갖고 있기 때문에, 탈주를 감행한다는 것은 쉬운 일이 아니다. 그리고 그것이 그의 말처럼 '악업'을 쌓는 일이라 할지라도, 그것을 그만둘 수 없는 구조적 틀 속에 이미 우리는 깊숙이 들어가 있다. 그러니 탈주를 꿈꾸는 자에게, 상징계의 촘촘한 구조적 그물은 '늪'이다. 장경린은 그의 시에서 이것을 '회전문'이라고 달

리 표현하기도 한다.

어느 날 그는 탈주에 성공했다
몸담았던 조직의 육중하고 거대한 회전문을 밀고
드디어 속 시원히 나왔다
고 그는 믿었다 그물 같은 조직의
아래 위를 오가며
사방으로 얽혀 있던 관계의 고리를 끊고
간신히 회전문을 빠져나왔다
고 그는 믿었다 그러나
문을 열고 나오는 순간 더 빨리 돌아가는
그 문의 회전 속도에 휘말려
다시 안으로 끌려 들어가고
다시 밖으로 나오려고 안간힘을 쓰면 쓸수록
그의 의지보다 더 세고 효율적인
회전문에 오래도록 그는 갇혀 있었다
——「회전문」부분

상징계라는 조직은 앞서 살펴보았듯이 구조적이다. 그 구조적인 그물은 하도 촘촘하여서 웬만한 용기와 기술로는 그곳을 빠져나오기가 쉽지 않다. 상징계 전체를 부정하거나 자기 식으로 돈키호테처럼 세상을 재편성하고 출가인, 탈주자, 방외인, 보헤미안 등과 같은 존재들의 세계로 과격한 이주를 하지 않는 한, 상징계의 압력과 인력권은 우리를 놓아주지 않고 '콘트롤'하기 때문이다. 위 시의 화자가 속해 있는 회사는 이런 상징계의 규범이 움직이는 대표적 공간이다. 그곳은 유형·무형의 이윤 추구를 목표로 구성원들이 상징계의 룰과 프로그램에 따라 도구처럼 일사불란하게 움직이는 곳이다. 그곳에서 회사의 구성원은 자신들을 내다 판 사람들이다. 그 거래는 주인과의 상호 합의에 의해 이루어졌지만, 그 합의의 내용은 도구적 역할을 성실히 주고받겠다는 것 이외의 다른 것이 아니다. 위 시의 화자는 바로 그런 도구적 역할의 고리를 끊고 탈주하려고 한다. 하지만 그것은 소망이거나 시도일 뿐, 현실에서 그는 회전문의 안쪽만을 맴돌 뿐이다. 바깥쪽이라 생각하여도 그는 어느새 안쪽에 와 있고, 또다시 탈주를 시도하여도 그는 또다시 안쪽의 시민으로 들어와 있는 것이다.

이런 상징계와의 어쩔 수 없는 야합과 운명적인 만남 속에서 시인은 스스로를 다음과 같이 규정한다: "나는 내가/나를//쓰고 내다 버리는/쓰레기통"(「재개발지역 10」)이라고. 그런가 하면 그는 자신이 시를 쓸 때 자신의 몸에서 "단백질 타는 냄새"가 나고 "낙엽 긁어모으는 소리"(「아스피린」)가 나기도 한다고 말한다. 소모품, 쓰레기장, 죽음의 냄새, 쇠락의 소리 등을 그는 그 자신의 일상과 존재 속에서 위태롭게 만나는 것이다. 그러나 그 위태로움을 벗어날 길이 보이지 않는다.

그는 이와 같은 그 자신의 삶과 존재가 받은 형벌의 내용을 다음과 같이 적고 있다.

> 야근과 몸살 덕분에
> 55킬로그램에서 52킬로그램으로
> 가볍게 몸을 구조조정시키고
> 몸 밖으로 퇴출시킨 물질만큼 탈속해진
> 반물질이 되어
> 모처럼 만난 구름머리
> 주문한 버섯찌개가 나오는 동안
> 메추리알만한 침묵 소금에 찍어 먹으며
>
> ──「버섯찌개」 부분

세상과의 야합은 '야근'이라는 이름으로, 그 결과는 '몸살'과 체중 감소라는 이름으로 나타난다. 야근이란 몸을 학대하는 일이다. 그것은 상징계가 이윤과 경쟁에서의 승리를 위하여 인위적으로 정한 규범에 순종하는 일이다. 이런 몸의 학대는 몸살로 이어지고 그것은 제 몸을 축내는 체중 감소로 다시 이어지는 것이다. 그것을 보상이라도 하듯이 그는 버섯찌개를 먹고 있지만, 그 버섯찌개를 먹는 일이 해결책일 수 없다. 그는 버섯찌개를 먹고 다시 그 힘으로 자신의 몸을 내다 팔 것이며, 그 일의 악순환 속에서 그는 자신의 몸속으로 흐르는 오물과 폐허와 죽음의 냄새를 계속 맡으며 불안해할 것이기 때문이다.

장경린이 전하는 종신형과 죄의식이라는 이 두 말이 주는 느낌은 끔찍하다. 어쩌다 이 세상에 탄생하여 이미 만들어진 상징계에 매인 삶을 종신형처럼 벗어날 수 없는 운명적 속박이라고 규정짓는 일, 그리고 그런 지적인 자의식 속에서 그와 같은 자신의 생과 몸에 대하여 죄의식을 갖고 사는 것은 생의 비극성을 환기시키기 때문이다. 그렇다면 해결책은 없는 것인가. 장경린은 그 해결책을 찾기 위하여 꿈을 꾼다. 그러나 그 꿈이 온전한 해결책일 수는 없다. 꿈은 꿈이기 때문이다. 그렇다면 그가 본격적인 해결책은 되지 못한다는 한계 내에서라도, 종신형과 죄의식 같은 타율의 삶을 제거하고 자발(自發)과 자생(自生)의 생을 살고자 하는 내용은 어떤 것인가. 그 세계를 아래의 물음에 이어 살펴보기로 한다.

3. 나는 뭐가 돼야 쓰겠나?

지적인 태도에 그의 삶과 시 쓰기의 거점을 두고 있는 장경린의 '자기점검'은 세상에 대한 점검만큼 철저하다. 그런 그의 자기점검은 자아정체성 문제를 제기하게 한다. 나는 도대체 누구란 말인가. 그리고 나는 도대체 어떻게 존재해야 하는가와 같은 물음이 그를 강하게 사로잡고 있는 것이다.

그의 자기점검의 철저성은 그가 이 시집의 맨 앞에「로그인」이라는 작품을 수록한 것에서부터 여실하게 나타난다. 그는 이 작품에서

내 속에는

누군가
나보다 먼저 다녀간
흔적이 있다

고 쓰고 있다. 우리 몸의 구석구석을 안팎으로, 아래위로 '스캐닝'할 수 있는 전자세계와 무섭고 교활한 상징계의 간섭 아래서, 우리의 모든 것은 낱낱이 발각당한다. 내가 나를 의식하고, 내가 나를 나라고 말하기 이전에, 이미 도둑처럼 그들이 나를 훑고 지나가기 때문이다. 주거침입죄도 적용이 안 되는 나라처럼, 나는 그들의 침입과 간섭에 무력하게, 그러나 합법적으로 몸을 내줄 수밖에 없다. 내가 그렇게 하지 않는다면 세상은 나를 나라고 인정하지 않을지도 모르기 때문이다. 더욱이 내가 아무리 저항을 하여도 세상은 이미 이 시스템으로 무장되어 있고, 우리는 그들을 '사회적 인프라'라고 자신의 토대처럼 든든해하며

삶의 밑바탕에 깔고 있기 때문에 탈주나 도망은 쉽지 않다. 여기서 나는 늘 눈 뜨고 도둑맞는 꼴이다. 나는 비밀을 숨길 데가 없다. 나는 그저 투명한 인간기계이다.

장경린은 그의 다른 작품 「달래야」에서 정체성이 와해되는 그 자신에 대해, 그리고 자신이 이룩해야 할 정체성의 청사진이 무엇인가에 대해 절박한 자세로 질문을 내놓는다. 그가 내놓은 질문은 다음과 같다.

매화는 다시 매화가 되려 하고
수련은 다시 수련이 되려 하고
북한산도 다시 북한산이 되려 하는데
걸쭉하게 몸 버린 한강도
다시 한강이 되려 하는데
쓰러진 강아지풀도
강아지풀로 일어나려 하는데

나는 뭐가 돼야 쓰겠소
응?   ──「달래야」 전문

마지막 연에 나오는 "나는 뭐가 돼야 쓰겠소/응?"이라는 질문에 대한 답은 분명하다. '나는 내가 되어야 한다'는 것이다. 그것은 '재개발'이라는 호기를 통하여, 매화가 매화가 되고, 수련이 수련이 되고, 북한산이 북한산이 되

고, 한강이 한강이 되고, 강아지풀이 강아지풀이 되는 것과 같은 선상의 것이다. 그러나 나와 이들 사이는 얼마나 가깝고도 먼가. 답은 분명한데 그 분명한 답을 현실로 구현한다는 것은 그렇게 쉽지 않은 일이다. 여기서 장경린의 갈등은 심화된다. 나는 내가 되어야 하는데도 불구하고, 나는 내가 아닌 삶을 사는 현실에 처해 있고, 그리하여 머릿속의 답과 현실 속의 삶이 거리를 두고 있는 데서 그는 고통을 받고 있는 것이다. 그러나 그는 지적인 시인답게 세상뿐만 아니라 자기 자신까지를 냉정하게 직시하였고, 그것은 그로 하여금 그가 원하는 자아 찾기와 자아 만들기에 가까이 다가가도록 하는 지름길이 되었다.

누가 뭐라 해도 나라는 존재는 이 세상의 중심이다. 이 나를 유지하는 원동력은 자신을 이롭게 한다는 의미에서의 이기심이자 자기애이다. 이기심과 자기애는 유치한 것 같지만 소중하고, 숨어 있는 것 같지만 강력하며, 부정하고 싶지만 부정할 수 없는 나의 것이다. 이런 이기심과 자기애의 가장 높은 곳에 놓여 있는 소망이 바로 나의 나다움을 추구하고자 하는 것이다. 세상의 상징계에 조종당하고 왜곡당하지 않은 자생의, 자발의, 자율의, 자유의 존재가 되고 싶다는 꿈이다. 장경린은 그런 자신이 되기를 희망하였거니와, 그것은 앞의 인용 시에서처럼 "나는 뭐가 돼야 쓰겠소/응?"이라는 자기정체성에 대한 절박한 물음을 야기시켰다. 그런 질문을 품고 있는 그에겐 세상과의 일시적 야합이란 잠시 동안의 '따뜻한 왜곡'으로 우리에게 방편적인 안심과 평화를 가져다줄지는 몰라도 결코 궁극적인 해결책이 될 수는 없다. 그러나 크든 작든 그 야합에 의지하여 '따뜻한 왜곡'의 편안함과 기쁨을 즐기지 않고 사는 사람이 얼마나 될까? 그런 점에서 우리는 모두 '현실주의자들'이다.

장경린에게 있어서 나란 존재의 왜곡은 세상에 대한 근시안적 집착에서 비롯된다고 생각된다. 그는 그의 시 「손에 강 같은 평화 2」에서 암으로 세상을 떠난 자신의 어머니의 삶을 되새겨보며 그의 어머니에게 끝까지 따라붙은 장애이자 축복(?)이 바로 근시안적 집착이었다는 것을 밝히고 있다. '돋보기 안경'으로 표상되는 근시안적 집착에서 우리는 세상을 가까이 클로즈업시켜 인위적인 눈으로 세상의 평화 공간을 창조해낸다. 그러나 그것은 방편이고 왜곡의 원인이다. 그런 방편적 자아 형성과 자아 왜곡이 때로는 세상에서의 성공을 가져다주기도 하겠지만, 그 속에서 나의 나다움을 만나는 일은 계속해서 어긋나고 지연된다.

장경린은 근시안적 집착의 대안으로 원시안적 접근과 망원경적 시선을 제시하고 있다. 인간이 만든 상징계가 근시안적 집착을 요구한다면, 그 인간계를 넘어서는 데에는 원시안적 접근과 망원경의 시선이 필요하다는 생각 때문이다. 원시안적 접근과 망원경의 시선은 우리를 전혀 다른 차원과 세계에 위치하게 한다. 그런 위치의 재조정 속에서 우리의 존재 방식도 달라진다. 그럼으로써 탈주와 이주, 이탈과 해체의 가능성도 가까워지게 된다.

4. 나만의 단독 정부를 꿈꾸며

이 시집의 제목은 『토종닭 연구소』이다. 시집 제목과 같은 제목의 작품이 시집 속에 수록돼 있다. '토종닭 연구소'란 한마디로 말해 토종닭으로 하여금 토종닭의 본성대로 살지 못하도록 만들려고 '연구'하는 곳이다. 토종닭은 토종닭다울 권리가 있다는 게 시인의 생각이다. 그것을 지키는 것이 토종닭의 정체성을 유지하는 것이고, 시인의 망원경적 시각으로 보았을 때 토종닭은 토종닭이어야 세상의 왜곡을 범하지 않게 된다. 그러나 그곳에서 연구 대상이 된 토종닭은 죽어 널브러져 있고, 토종닭을 '연구'한다는 토종닭 연구소도 '연구'라는 말이 무색하게 부도를 맞고 쓰러져 뒹굴고 있다. 토종닭의 미래도, 연구의 미래도 밝지 않다.

장경린은 토종닭이 토종닭으로 사는 것을 소망하듯이, 그도 그로서 살기를 희망한다. 그가 그로서 살기 위해서 관심을 두는 것은 상징계 너머에 그만의 단독 정부를 세우는 일이다.

그는 단독 정부를 세우기 위하여 인간계 너머의 것 혹은 인간계 이전의 것에 관심을 둔다. "광합성 작용을 하며 걸었다/식물보다 느리게 걸었다/식물보다 더 멀리 갔다"(「몽유도원도 17」)라는 말에서 보이듯이 그는 자기 자신을 광합성 작용만으로도 살 수 있는 식물 나라의 사람과 동일시한다. 그는 여기서 식물계의 일원이 된다. 그가 곧 식물인 것이다.

또한 그는 "인간의 色이 전혀 물들지 않은/태초의 입가에/너울거리는 봄"(「재개발지역 5」)이라고 말하면서 태초의 봄과 그를 동일시한다. 여기서 그는 태초의 생명이자 시원의 사람인 것이다. 그의 단독 정부는 이런 곳에 설립되는 것이다.

다시 그는 "이 손이 소처럼 뭉툭했다면/번잡한 이 삶 얼마나 단순하고 평화로웠겠는가/새의 날개 같았다면/가볍게 떨리는 마음으로도/얼마나 멀리 날아갈 수 있었을까"(「손에 강 같은 평화 1」)라고 말한 이후에 "이 손 강 같았으면/남원 어느 샛강처럼/둔치를 끼고 느리게 돌아가는 강 같았으면"이라고 말을 이어가고 있다. 여기서 장경린은 계산하지 않는 즉자적 존재를 사랑한다. 그는 자연처럼 생각 없이 존재하고 싶은 것이다.

장경린의 이런 마음은 "온 세상이 물에 잠긴 적이 있다고/산모의 양수와/바닷물 성분이 그래서 같은 거라고"(「거기가 어디였더라」) 말하는 데서 드러나듯이 생명과 우주의 분리될 수 없는 전일성(全一性)을 그 자신의 정체성 확립의 주요한 근거로 삼는 데로 나아가게 하며, 시간도 공간도 물건도 인위적으로 조작하지만, "그때 슬그머니/ 내 허벅지를 타고 넘어오는/옆자리 중년 남자의/부드러운 손길"(「幕間」)에서 보듯 성본능의 자발성이 우리 몸의 끈질긴 에로스적 원천임을 인정하도록 만들기도 한다.

그리고 그는 "물고기들이 돌 속에 박혀 놀고 있다/물처럼 부드러워지는 돌//나는 그곳에서 추방되었다"(「가족」)고 말하는 데서 보이듯이, 그 물고기와 돌의 가족이 되고 싶어한다. 그는 무위의 편에서 그 세상이 지닌 부드러움 속에 그 자신을 편입시키고 싶은 것이다.

이제 장경린이 만들고 싶어하는 그만의 단독 정부가 어떤 하드웨어와 소프트웨어로 구성되는 것인지를 대강 눈치 챘을 것이다. 그는 거칠게 말하자면 망원경으로 포착한 자연, 우주, 생명 그리고 무위 속에 그의 처소를 짓고 싶은 것이다. 그런 점에서 그의 태도는 지적이지만, 그의 몸엔 지성 이전의 원시 혹은 시원의 피가 흐르고 있다.

그의 이런 모습을 종합적으로 보여주는 작품이 「몽유도원도 2」이다. 이 작품에서 우리는 그가 그리고자 하는 탈주선(脫走線), 그가 꿈꾸고 있는 방외지사(方外之士)의 나라, 그가 이끌리는 보헤미안적 세계, 그가 사랑하는 유토피아가 어떤 것인지를 알아낼 수 있다. 이 시를 읽다 보면 그의 몸속에 숨어 있는 그 거친 야성과, 그 유연한 자연성, 그리고 그 단절 없는 유기체적 본성을 그가 어떻게 '달래며' 이 세속의 현실 속에서 직장인으로, 사회인으로, 생활인으로 무사히(?) 살아가고 있는지 궁금해진다. "단풍이여 그냥 좀더 붉게 타야 쓰겠다/가을 단풍이여"(「그래야 단풍다운 가을 단풍」)라고 그는 외치는데, 그 '그냥'의 자발성과 무상성과 순정성이 통하기엔 이 세속 사회란 너무나도 셈과 기교에 민감한 시장이라는 걸 우리는 알고 있다. 물론 장경린도 그것을 잘 알고 있다. 그러나, 모를 일이다. 시장놀이가 어느 땐가 지루해지면 사람들은 그들이 버렸거나 잊었던 세계를 다시 찾아다닐지도……. 토종닭을 '연구'하기보다 토종닭과 함께 토종닭처럼 사는 일을 존중하게 될지도……. 만약 그런 날이 온다면 "식당에서 쓰고 버린 초록색 이쑤시개들"(「다시 대한 뉘우스」)로 도시의 처마 밑에 둥지를 지은 제비 일가족은 그 이상한 집을 허물고 집다운 그의 집을 지을 수 있을 것이다. 그리고 그들다운 삶을 살 수 있을 것이다. 도시의 처마 밑에 기어든 제비 가족처럼, 장경린의 그다운 집짓기와 그다운 삶의 구현도 그런 날에나 자연스럽게 이루어질지 모른다. ▨